Julien Backhaus

VIEL ZU EHRLICHE ERFOLGS-ZITATE

© 2020 by Julien Backhaus
Originalausgabe, 1. Auflage 2020

Autor: Julien Backhaus
Umschlaggestaltung, Illustration:
Backhaus Verlag GmbH
Umschlagabbildung: Oliver Reetz
Lektorat, Korrektorat: tredition GmbH

Verlag & Druck: tredition GmbH
Halenreie 40-44, 22359 Hamburg
ISBN 978-3-347-11460-9 (Paperback)
ISBN 978-3-347-11461-6 (e-Book)

Bibliografische Information der Deutschen National-bibliothek:
Die Deutsche Nationalbibliothek verzeichnet diese Publikation in der Deutschen Nationalbibliografie; detaillierte bibliografische Daten sind im Internet über http://dnb.d-nb.de abrufbar.

Einleitung

Seit einigen Jahren veröffentlicht mein Social Media Team jeden Tag ein Zitat von mir. Dieses landet dann auf Plattformen wie Facebook, Instagram und Linkedin. Einige von diesen Zitaten waren so ungewöhnlich, dass sie nicht nur in den Sozialen Medien heiß diskutiert wurden, sondern auch in anderen Medien wie im Fernsehen für Aufsehen sorgten. Der Hauptgrund dafür: Ich finde oft sehr eindringliche und ehrliche Worte. Manchmal sind es Dinge, die viele Menschen zwar denken, sich aber nicht trauen auszusprechen. Ich bin anders. Ich will nicht in erster Linie allen gefallen, sondern lasse eine klare Kante zu. Ich habe sie, wie jeder andere auch. Mit dem Unterschied, dass ich zu diesen Kanten stehe und kein Problem damit habe, sie auch öffentlich zu zeigen. Ich bekomme viele Zuschriften von Menschen, die mir danken, dass ich diese Zitate veröffentliche. Auch sehr prominente Menschen gehören zu meinen Followern und schreiben mir oder sagen es mir bei der nächsten persönlichen Gelegenheit. Sie trauen sich oft nicht, ihre ehrlichen Gedanken öffentlich zu formulieren. Viele von ihnen haben Angst, Aufträge zu verlieren oder nicht mehr geliebt zu werden vom Publikum. Ich habe vor langer Zeit entschieden, einen anderen Weg zu gehen. Einen egoistischen. Ihn habe ich auch in meinem Buch „EGO - Gewinner sind gute Egoisten" beschrieben. Ich bin völlig einverstanden, weniger

Follower zu haben, als andere oder wirtschaftliche Nachteile in Kauf zu nehmen. Denn die Belohnung ist, dass ich ehrlich sagen kann, was ich denke. Und ich bin sehr glücklich mit dieser Art zu leben. Morgens keine Maske aufzusetzen und keine Rolle spielen zu müssen, wenn man das Haus verlässt, ist ein sehr befreiendes Gefühl. Ich wünsche es vielen Menschen, dass sie freier und ungezwungener durch ihr Leben gehen. Aber mir ist auch bewusst, dass dafür vielen der Mut fehlt. Wenn ich ehrlich bin: Mir ist es egal. Ich bin nicht verantwortlich für das Glück anderer Menschen. Ich kümmere mich um mein eigenes. Ein interessanter Nebeneffekt dabei ist, dass ich „ungewollt" andere Menschen damit inspiriere. Und mit dem Zitat des Tages geschieht genau das. Menschen lesen meine Gedanken und beginnen zu grübeln.

Ich hoffe, dass ein paar Zitate in diesem Buch auch Sie zum Nachdenken anregen, ab und an etwas mutiger zu sein und zu Ihrer Meinung zu stehen.

Ihr Julien Backhaus

Willst du gute Antworten, musst du richtig fragen

Die wenigsten Menschen beherrschen eine gute Fragetechnik. Diese ist allerdings unerlässlich, wenn man einen Informationsvorsprung will. Viele scheuen sich, ständig Fragen zu stellen, um nicht dumm zu wirken. Das entbehrt aber nicht einer gewissen Ironie, denn: Wer nicht fragt, bleibt dumm.

Die Zeit ist gegen dich.
Warte nicht

Wir glauben, wir hätten alle Zeit der Welt, um die Dinge zu tun, von denen wir träumen. Aber das ist ein Trugschluss. Nicht nur, dass die Zeit wie im Fluge vergeht. Es gibt auch immer mehr Menschen, die in jungen Jahren sterben. Eine Garantie, dass Sie morgen aufwachen, kann niemand ausstellen. Aber die Zeit, genau jetzt, haben wir in der Hand. Aufschieben gilt nicht.

Nur wer zweifeln kann,
erkennt die Wahrheit

Es gibt ein Phänomen im Denken, das sich Bestätigungsfehler nennt. Wir sehen immer die Beweise für das, was wir als wahr erachten. Die andere Seite der Medaille blendet unser Gehirn aus. Wir leben also in einer falschen Welt. Nur wer in der Lage ist, eigene Überzeugungen in Frage zu stellen, wird offen für die Wahrheit sein. Denn wir alle irren häufiger, als uns lieb ist.

Du willst jemand sein?
Dann werde jemand

Jeder will bedeutend sein. Daran ist nichts auszusetzen. Nur belügen sich die meisten Menschen selbst. Sie wollen zwar jemand sein, aber nicht daran arbeiten. Denn wenn Sie jemand sein wollen, bedeutet es gleichzeitig, dass Sie es noch nicht sind. Und wer sich verändern will, muss aktiv daran arbeiten. Die täglichen Schritte in Richtung eines Zieles führen zu dessen Erreichung, nicht Gedankenspiele. Hören Sie auf zu träumen und beginnen Sie zu handeln.

Deinen Erfolg werden sie dir nie verzeihen

Erfolgreiche Menschen sind nicht normal. Der Großteil der Menschen bewegt sich in der unteren oder mittleren Schicht. Sie machen schätzungsweise 80 Prozent der Weltbevölkerung aus. Sie besuchen eine Schule, beginnen einen Job und bezahlen ihre Rechnungen. Unter Erfolg versteht man aber eher etwas Herausragendes. Etwas, das eben nicht der Norm entspricht. Wenn Sie so etwas erreichen, wird das dem Rest nicht gefallen. Denn Sie machen Ihnen damit indirekt bewusst, dass sie nicht fleißig oder schlau genug sind, auch erfolgreich zu sein.

Erfolg kann dich blenden.
Bleibe wachsam

Wenn wir es einmal geschafft haben, erfolgreich zu sein, werden wir oft nachlässig. Denn wir glauben, wir sind unbesiegbar und machen nun keine Fehler mehr. Das Gegenteil ist der Fall. Besonders erfolgreiche Menschen machen auch besonders viele Fehler. Das ist das Gesetz der großen Zahl. Wir müssen immer auch darauf vorbereitet sein, einen Fehler zu machen. Wenn wir uns selbst aber nicht mehr hinterfragen, bemerken wir es nicht. Das führt oft zu Katastrophen, die teilweise irreparabel sind.

Man kann Stufen der Erfolgsleiter überspringen. Aber nur abwärts

Der Aufstieg auf einen Berg ist mühsam und mit Rückschlägen verbunden. Ebenso verhält es sich mit Erfolg. Egal, welche Biografie erfolgreicher Persönlichkeiten man liest - sie alle predigen, dass es keine Abkürzung zum Erfolg gibt. Man muss die Leiter Stufe für Stufe erklimmen. Menschen, die eine Abkürzung suchen, landen nicht selten im Gefängnis. Hoch geht es schwer, runter leicht. Was Sie sich mühsam aufgebaut haben, können Sie in einem Augenblick ruinieren.

Erfolg ist am schönsten, wenn andere ihn dir neiden

Niemand ist neidisch auf Menschen, die im Mittelmaß schwimmen. Wenn also jemand auf Sie neidisch ist, ist das das beste Indiz dafür, dass Sie tatsächlich etwas erreicht haben. Mitleid bekommt man geschenkt, aber Neid muss man sich hart erarbeiten. Und seien wir doch ehrlich, jeder wünscht sich ein klein wenig Rache. Wenn jemand zuvor nicht an Sie geglaubt hat und Sie es dennoch schaffen, ist das eine Genugtuung, die man gerne genießt.

Wer immer neue Versuche startet, scheut keinen Misserfolg

Erfolg braucht mehr als einen Anlauf. Jeder wäre erfolgreich, wenn es beim ersten Versuch klappen würde. Das unterscheidet die Erfolgreichen vom Durchschnitt. Aber wenn Sie bereit sind, so lange weiter zu machen, bis es gelingt, dann können Sie nicht scheitern. Dann sind die zwischenzeitlichen Misserfolge nur Stolpersteine auf Ihrem Weg, die sie aber nicht aufhalten. Nur weil jemand auf halber Strecke stolpert, muss er doch den Weg nicht aufgeben. Erfolgreiche machen so lange weiter, bis der Erfolg sich einstellt.

Deine Persönlichkeit muss mit dem Konto wachsen

Geld ist ein Fluchttier. Nur wenn es sich sicher fühlt, bleibt es. Aber in der Regel versucht es schnell, das Weite zu suchen. Wer Geld anhäufen will, muss den richtigen Charakter dafür mitbringen. Ein verschwenderischer Mensch wird schnell alles ausgeben, um kurzfristigen Gelüsten nachzugehen. Das sehen wir nicht nur bei Lotto-Gewinnern, sondern auch bei Erben oder jungen Brokern, die schnell zu Geld gekommen sind. Die Persönlichkeitsentwicklung darf bei finanzieller Entwicklung nicht auf der Strecke bleiben.

Wer anderen gefallen will, gefällt sich selbst nicht mehr

Selbstwert darf nicht durch die Meinung anderer definiert werden. Wir müssen uns selbst die Wertschätzung entgegenbringen, die wir verdienen. Wer immer nur versucht, anderen Leuten zu gefallen, kann nicht gewinnen. Denn wenn Sie zehn Menschen gefallen wollen, müssen Sie zehn verschiedene Maßstäbe erfüllen. Und das ist schlichtweg nicht möglich. Sie verraten damit automatisch Ihren eigenen Charakter. Sie müssen sich selbst gefallen. Einige werden das Ergebnis mögen, andere nicht.

Dinge haben die Bedeutung,
die wir ihnen zuweisen

Jeder Mensch lebt nach seinem eigenen Werte-
system. Kaum eines gleicht dem anderen. Darum
bewerten wir Dinge und Situationen auch unterschiedlich. Für den einen ist der Jobverlust ein
schlimmes, einschneidendes Erlebnis, das sie
schwer verdauen können. Für den anderen ist es eine
Erlösung und eine Chance für den lang ersehnten
Neuanfang. Für den einen ist ein Auto ein
Statussymbol, für den anderen ein reines Fort-
bewegungsmittel. Wir entscheiden immer selbst,
welche Bedeutung wir etwas zuweisen.

Dinge, die uns im Griff haben, müssen wir loslassen

Es gibt Dinge, die scheinbar eine Kontrolle über uns zu haben scheinen. Sie haben uns fest im Griff und wir fühlen uns ausgeliefert. Der eine fühlt sich in einer Beziehung gefesselt. Der andere hat einen Hauskredit, der sich kaum stemmen lässt. Wieder ein anderer ist dem Alkohol oder anderen Abhängigkeiten verfallen. Immer wenn Sie merken, dass etwas Sie im Griff hat, müssen Sie los lassen. Es fällt zwar unglaublich schwer, denn uns erscheinen Dinge wertvoller, wenn wir sie bereits besitzen. Aber wir dürfen nicht zulassen, dass Dinge uns kontrollieren.

Je häufiger du etwas hörst, desto glaubhafter scheint es

Menschen sind leicht zu manipulieren. Es gibt viele Menschen oder Instanzen, die das ausnutzen. Es spricht nicht mal etwas dagegen. Aber wir müssen stets darauf achten, dass wir nicht selbst Opfer einer Suggestion werden. Denn je öfter wir etwas sehen oder hören, desto wahrer erscheint es uns. Lesen wir in der Zeitung immer wieder von einem mutmaßlichen Täter, stempelt ihn unser Gehirn bereits nach kurzer Zeit als tatsächlichen Täter ab. Auch wenn es bisher nur ein Verdacht ist. Je häufiger wir hören, Zucker sei gar nicht so schädlich, desto schneller glauben wir es.

Wer hat, kann geben.
Wer nichts hat, kann nichts geben

Alles beginnt bei uns. Wir dürfen nicht immer im Außen nach Antworten suchen. Wir müssen in uns selbst nach den Antworten suchen. Wir selbst müssen nehmen, um auch geben zu können. Wir selbst müssen stark sein, bevor wir anderen helfen können. Ein gesunder Egoismus ist wichtig, um letztlich auch ein hilfreicher Mensch sein zu können. Wer sich selbst nicht liebt, kann auch andere nicht aufrichtig lieben. Das Märchen der Selbstlosigkeit basiert nicht auf Logik, sondern auf einer Doktrin, die Sie willenlos machen will.

Erziehung ist gegen die Natur, die eigene Wünsche zu erfüllen

Erziehung führt oft zum Gegenteil dessen, was der (kleine) Mensch eigentlich wollte. Ein emotionaler Mensch wird aufgefordert, nicht so ein Weichei zu sein. Darum malt oder singt dieser dann nie die schönsten Werke, die die Welt je gesehen hat. Erziehung findet natürlich nicht nur im Kindesalter statt, sondern auch wenn wir erwachsen sind. Dann sind es nicht mehr die Eltern, sondern die Umwelt und die Gesellschaft. Aber wir lassen uns zu oft erziehen, obwohl unsere Pläne andere waren. Lassen Sie das nicht zu. Hören Sie auf Ihr Herz.

Die erste Gehirnwäsche erleben wir als Kind. Die zweite sollten sich Erwachsene selbst verpassen

Im Kindesalter schaffen es nur wenige, sich der Erziehung zu entziehen. Wir werden manipuliert und ggf. entgegen unserer Werte erzogen. Als Erwachsene haben wir selbst die Macht, uns zu manipulieren. Wir müssen uns eine selbst verordnete Gehirnwäsche verpassen und uns all die Dinge einreden, die wir eigentlich erreichen wollten. Mittels Autosuggestion kann man diesen Zustand erreichen. Auf täglicher Basis können wir so alte Überzeugungen verändern.

Wer arm geboren wurde, hat keine Schuld. Wer arm stirbt, hat selber Schuld

Wir können nichts für die Umstände, in die wir hinein geboren werden. Aber sobald wir erwachsen sind und Verantwortung für unser eigenes Leben übernehmen, haben wir das Heft in der Hand. Wir entscheiden dann, ob wir ein Buch lesen oder ein Comic. Ob wir zielstrebig sind oder nachlässig. Der größte Teil der Reichen auf der Welt hat es aus eigener Kraft geschafft - also nicht geerbt. Weil unter diesen Menschen alle widrigen Umstände zu finden sind, gibt es keine Ausreden. Jeder ist seines Glückes Schmied.

Ein nein zu anderen ist ein ja zu sich selbst

Wir sagen zu oft ja, wenn uns andere Menschen um etwas bitten. Das kann im Privaten ebenso passieren wie im Beruflichen. Das Problem dabei ist: Immer wenn wir uns um die Belange anderer kümmern, vernachlässigen wir unsere eigenen Ziele. Es fühlt sich in dem Moment nicht dramatisch an. Aber wenn Sie über eine lange Strecke das Lenkrad ein wenig rechts vom Kurs halten, landen Sie bald im Straßengraben. Das passiert im Leben vielen. Sie kommen ständig vom Kurs ab, weil sie zu oft ja zu anderen sagen, statt zu sich selbst.

Finde heraus, was gut für dich ist.
Und bleibe dabei

Routinen und Gewohnheiten können entweder unser größter Feind oder bester Freund sein. Es gibt Dinge, die uns nachweislich schaden. Das müssen nicht nur Suchtstoffe sein, sondern können auch Gewohnheiten sein, sich schnell ablenken zu lassen. Wir müssen herausfinden, was uns hilft und dabei bleiben. Sie müssen Gewohnheiten kultivieren, die Ihnen beim Erreichen Ihrer Lebensziele helfen. Wenn Sie sich eine gewisse Zeit darauf konzentrieren, wird es zum Automatismus und Sie müssen nicht mehr darauf achten.

Sprenge die Grenzen,
die man dir eingeredet hat

Echte Grenzen gibt es tatsächlich kaum. Wenn Sie sich heute einmal umschauen, wenn Sie das Haus verlassen, werden Sie Dinge sehen, die man vor zehn oder zwanzig Jahren noch für Science Fiction gehalten hätte. Aber es gab Leute, die haben an diese Grenzen nicht geglaubt und sind es angegangen. Auch in unserer persönlichen Welt ist es so. Wir können theoretisch alles erreichen. Wenn wir aber nicht daran glauben, werden wir es auch nicht schaffen, weil wir unseren Geist von vornherein begrenzen. Sie müssen diese gedanklichen Grenzen einreißen.

Wenn du es nicht magst, lass es

Es gibt keinen logischen Grund, etwas zu tun, das Ihnen nicht gefällt. Sie wenden vielleicht ein, dass man gewisse Dinge eben tun muss, aber das ist nicht die ganze Wahrheit. Erstens sind Sie grundsätzlich nicht gut in Dingen, die Ihnen nicht liegen bzw. keine Freude bereiten. Sie verschwenden also Zeit mit Dingen, die Ihrem Lebenserfolg überhaupt nicht dienlich sind. Und es könnte jemanden anderes geben, der diese Aufgabe gerne erfüllen würde. Wichtig ist, die wenige Lebenszeit möglichst effektiv einzusetzen, statt sie zu verschwenden.

Leute wissen, was sie essen wollen. Aber nicht, welches Leben sie wollen

Menschen haben eine sehr kurze Aufmerksamkeitsspanne. Es erinnert fast an einen Goldfisch. Darum interessieren sich Menschen eher dafür, was Sie zum Mittag essen wollen oder wohin der Urlaub gehen soll. Aber sie planen nicht ihr Leben. Daher zahlt auch kaum etwas von dem, was sie den ganzen Tag über tun, auf ein Lebensziel ein. Sie landen letztlich dort, wohin Sie tendieren. Die meisten Menschen leben in Abhängigkeit, Unzufriedenheit und einer gewissen Armut - zumindest nicht im Überfluss. Weil sie sich nie für einen konkreten Lebensweg entscheiden.

Jeder will in den Himmel.
Aber keiner will sterben

Für alles im Leben muss man einen Preis bezahlen. Jeder möchte irgendetwas haben, aber kaum jemand ist bereit, die Arbeit dafür zu investieren. Stellvertretend für dem Himmel: Die Menschen möchten im Paradies leben. Sie möchten sorglos sein, vermögend sein, eine glückliche Beziehung führen und einen Job haben, der sie erfüllt. Aber sie sind nicht bereit, Anstrengungen dafür in Kauf zu nehmen. Bücher zu lesen, zu sparen und zu investieren, verständnisvoller dem Partner gegenüber zu werden und all die Dinge zu tun, die nötig wären, um ein Ergebnis zu beeinflussen.

Wer neugierig ist,
wächst über sich hinaus

Wer immer nur auf dem Wissenstand bleibt, den er einmal erreicht hat, wird niemals eine helle Leuchte werden. Wer nicht neugierig und offen ist, bleibt unterentwickelt. Denn die Welt ist komplexer, als wir sie uns im Alltag herbeireden. Wir wissen mehr Dinge nicht, als wie wir wissen. Nur wer das akzeptiert und Fragen stellt, kann über seine derzeitige Lebenslage hinauswachsen. Einstein gab zu verstehen, dass er nicht besonders schlau sei, sondern nur besonders neugierig. Wer die richtigen Fragen stellt, bekommt auch irgendwann die richtigen Antworten.

Denken hilft.
Aber nicht immer

Überlegtes Handeln gilt als tugendhaft und hat zum größten Teil auch seine Berechtigung. Wer immer nur blind drauf los läuft, trifft selten das Ziel. Es gibt aber auch das Gegenteil. Wer immer nur nachdenkt und dabei nicht ins Handeln kommt, bleibt ein Denker. Wer im Leben allerdings vorankommen will, muss das Denken auch mit Aktion verbinden. Es gibt nichts Gutes, außer man tut es, sagt ein altes Sprichwort. Wenn wir Dinge „zerdenken", werden sie bald matschig. Wenn wir versuchen, jede erdenkliche Falle zu entdecken, werden wir nie beginnen.

Hole nur Rat bei Leuten ein,
die nicht raten müssen

Kennen Sie das? Sie haben eine Frage, brauchen einen Rat oder eine Empfehlung und fragen die nächste Person, die Sie kennen, ob er Auskunft erteilen kann. Innerhalb der ersten Sekunden merken Sie, ob derjenige nur ein Ratespiel betreibt oder tatsächlich aus Erfahrung spricht. Wir Menschen möchten nicht dumm da stehen und antworten lieber etwas, das wir ggf. mal gehört haben, statt zuzugeben, dass wir die Antwort ebenfalls nicht kennen. Darum ist es wichtig, schnell herauszufinden, ob derjenige eine ernsthafte Empfehlung ausspricht oder „nur mal gehört hat".

Alle Dinge um dich herum
waren einmal Ideen

Wir glauben, dass unsere Ideen nicht viel wert sein können. Wenn die Idee so gut wäre, hätte sie längst jemand umgesetzt. Aber die Wahrheit ist: Alles, was Sie umgibt, war einmal die Idee eines Menschen. Der Tisch, der Bodenbelag, die Tapete, das Auto, das Handy, die Straße, der Turm und so weiter und so fort. Alles, außer natürlichen Vorkommnissen, wurde von Menschen erfunden. Und diese Menschen mussten einmal den Mut aufbringen, an ihrer Idee festzuhalten und sie umzusetzen. Das haben sie in der Regel nie allein geschafft. Kooperation ist essenziell. Gestehen Sie Ihren Ideen mehr Wert zu.

Lieber eine schlechte Entscheidung, als gar keine

Wir alle müssen täglich hunderte von Entscheidungen treffen. Das sind meist kleine, unbedeutende Entscheidungen. Aber des Öfteren sind auch solche darunter, die eine große Tragweite besitzen. Die Wahrscheinlichkeit, dass all Ihre Entscheidungen sich als richtig herausstellen, ist gleich null. Viel größer ist die Wahrscheinlichkeit, dass ein großer Teil sich irgendwann als ungünstig herausstellt. Aber das ist nicht wichtig. Denn Entscheidungen müssen getroffen werden. Entscheiden Sie lieber nach Bauchgefühl und haken Sie die Sache ab. Das Leben wartet.

Wer effizient arbeitet ist noch lange nicht effektiv

Was ist da eigentlich der Unterschied? Wer effizient arbeitet, schafft viel in kurzer Zeit. Wenn Sie ein System entwickeln, möglichst viele Steine von der linken auf die rechte Seite zu schaffen, sind Sie effizient. Die Frage ist nur: Macht es überhaupt Sinn? Hat es einen Effekt, dass sie auf der rechten Seite liegen? Die Frage nach der Effektivität stellt sich immer dann, wenn wir auf die Auswirkung schauen. Also den Sinn hinter einer Aufgabe. Denn oft tun wir Dinge, die gar keine Auswirkung auf unsere Ziele haben. Alles, was wir tun, sollte aber auf unsere Ziele einzahlen.

Reiche haben Bibliotheken.
Arme haben große Fernseher

Wenn Sie bei armen Leuten in die Wohnung kommen, werden Sie aller Wahrscheinlichkeit nach einen großen bis sehr großen Fernseher entdecken. Sie sind süchtig danach, anderen Leuten beim Leben zuzusehen. Und sich berieseln zu lassen. Damit lenken sie sich etwas von der eigenen Situation ab. Wenn Sie bei reichen Leuten die Wohnung betreten, werden Sie oft eine große Büchersammlung sehen. Denn reiche Menschen profitieren vom Wissen anderer. Sie lesen die Geschichten und Ratschläge erfolgreicher Menschen, um davon zu profitieren.

Wer mit dem Rücken zur Wand steht, den stört Gegenwind nicht

Wenn Sie mit dem Rücken zur Wand stehen, geht es in der Regel nicht schlimmer. Auch Gegenwind macht Ihnen dann wenig aus, denn Sie können nicht weiter nach hinten (unten) gepresst werden. Es ist zwar anstrengend, gegen den Wind anzukämpfen, aber der einzig freie Weg führt nach vorne. Die sprichwörtliche Flucht nach vorne ist angebracht, wenn Sie einen Tiefpunkt erreicht haben. Es kann zwei Gründe für den Tiefpunkt geben. Der armseligste ist, dass sie faul sind und keine Kontrolle übernehmen. Der edelste ist, dass Sie Risiken eingegangen sind.

Wer immer nur verliert, sollte beginnen, das Gegenteil zu tun

Es scheint Menschen zu geben, die das Pech anziehen. Alles, was sie tun, endet im Desaster oder Misserfolg. Sie verlieren ständig. So jemand sollte dringend beginnen, immer das Gegenteil dessen zu tun, was er eigentlich tun würde. Denn es hat sich schließlich bewiesen, dass nichts von dem funktionierte. Darum ist es ratsam, das Gegenteil zu versuchen. Und zwar in allem. Wer abends gerne fern sieht, sollte Bücher lesen. Wer morgens zu lange schläft, sollte früher aufstehen. Wer zu viel Zeit vertrödelt mit dem Plauschen in der Kaffeepause, sollte den Kaffee lieber am Platz trinken.

Lerne aus deinen Fehlern.
Aber besonders aus Fehlern anderer

Unser Leben ist gar nicht lang genug, um alle erdenklichen Fehler selber zu machen. Besser ist es, aus den Fehlern anderer zu lernen. Star-Investor Warren Buffett ist ebenfalls dieser Auffassung. Darum empfiehlt es sich, Bücher und Berichte über das Wirken erfolgreicher Menschen zu lesen. Denn alle haben Sie in Ihren Biografien oder Interviews davon berichtet, wie sie mit Niederlagen umgegangen sind. Je mehr solcher Fälle Sie studieren, desto häufiger wird es Ihnen im Alltag helfen, die selben Missstände zu erkennen und Fehler zu vermeiden.

Eine Zigarette verkürzt das Leben um fünf Minuten.
Sinnlose Arbeit sogar um acht Stunden

Es ist erschreckend, wie viele Menschen ihren Beruf gar nicht mögen. Umfragen ergeben regelmäßig, dass viele Menschen Dienst nach Vorschrift machen und innerlich längst gekündigt haben. Das ist tragisch im Hinblick darauf, dass wir die meiste Zeit des Tages mit dem Broterwerb zubringen. Darum sollten wir eine Arbeit wählen, die uns Freude bereitet und Sinn stiftet. Dann versorgt sie uns sogar mit neuer Energie, statt sie zu rauben. Das Leben ist viel zu kurz für sinnlose Arbeit. Sie sollte einem höheren Zweck im Leben dienen.

Wer alles weiß,
hat keine Ahnung

Es wird niemals der Tag kommen, an dem Sie alles wissen. Das Wissen ist nicht nur immens, sondern es verdoppelt sich auch alle paar Jahre. Darum sollten wir niemals unserer ersten Antwort glauben. Bauchgefühl ist wertvoll, aber wenn es um Fakten geht, führt kein Weg an Recherche vorbei. Nur weil Sie vor einigen Monaten mal etwas gehört haben, muss es nicht immer noch wahr sein. Auch die Wissenschaft revidiert alle paar Tage Erkenntnisse. Machen Sie sich bewusst, dass Sie auf ewig ein Suchender und Fragender bleiben müssen.

Wachsen kann nur, wer unzufrieden ist

Es gibt einen Unterschied zwischen Glück und Zufriedenheit. Glück symbolisiert die Dankbarkeit und Freude für das Leben und die Chancen. Aber die Zufriedenheit bezieht sich unmittelbar auf den Status Quo. Wir dürfen niemals zufrieden sein mit dem, was ist. Weder mit der Lebenssituation, noch mit uns persönlich. Es sollte Ihr Ziel sein, ständig zu wachsen und besser zu werden. Und damit auch Ihre Lebenssituation zu verbessern. Die Voraussetzung für Evolution ist, dass die derzeitige Situation infrage gestellt wird und dann verbessert wird.

Erfolg verdirbt den Charakter nicht. Misserfolg tut es

Der Vorwurf hält sich wacker, Erfolg verderbe den Charakter. Aber es ist anders: Erfolg verstärkt den Charakter. Es fördert noch mehr das zutage, was bereits im Menschen verankert war. Wohingegen Misserfolg die Menschen schwächt und teilweise zu Dingen bewegt, die verdorben sind. Nicht selten verleitet Misserfolg Menschen dazu, kriminell zu werden oder andere Menschen zu übervorteilen, um aus ihrer misslichen Lage auszubrechen. Doch das funktioniert in der Regel nie. Auch führt Misserfolg oft dazu, die Schuld bei anderen zu suchen, statt bei sich selbst. Ein Teufelskreis.

Versuche stets, die Wahrscheinlichkeiten zu erhöhen

Viele Menschen behaupten, sie hätten nicht genug Chancen im Leben. Dabei vergessen sie eine Sache: Das Leben richtet sich nach Wahrscheinlichkeiten. Je häufiger Sie mit dem Auto fahren, desto höher ist die Chance, dass Sie auch mal einen Unfall erleben. Man kann also als Formel festhalten: Je öfter, desto häufiger. So ist es auch mit Erfolgen im Leben. Je öfter Sie etwas in Richtung Erfolg unternehmen, desto häufiger werden Sie auch Erfolg haben. Wir müssen die Wahrscheinlichkeiten für Erfolg erhöhen. Dies liegt in unserer eigenen Hand.

Du kannst nur das bekommen, was du verlangst

Das Leben ist Verhandlungssache. Wer viel verlangt, erhöht die Wahrscheinlichkeit, mehr zu bekommen. Wer nichts verlangt, dem wird wenig bis gar nichts gegeben. Wer nicht verhandelt, überlässt sein ganzes Leben dem Zufall. Man begibt sich faktisch in die Opferrolle. Sie müssen Ihrem Gegenüber und der Welt klar machen, was Sie erwarten und müssen dies auch einfordern. Das hat viel mit Selbstwertgefühl zu tun. Wer sich selbst etwas wert ist, wird sich nicht für lau verkaufen. Verlangen muss übrigens nicht unhöflich sein.

Du kannst alles tun.
Musst aber die Konsequenzen tragen

Alles, was wir tun, sagen oder auch nicht tun, hat Konsequenzen. Das ist das Prinzip von Ursache und Wirkung. Wir müssen uns dessen bei allem bewusst sein, was wir tun. Und auch die Dinge, die wir unterlassen oder vernachlässigen haben Konsequenzen. Wichtig ist, dass wir das Gefühl der Kontrolle und Verantwortung wieder übernehmen, in dem wir das akzeptieren. Sie können bei jedem Schritt, den Sie tun, erahnen, welche Wirkung er erzielt. Das ist eine Frage der Wahrscheinlichkeit. Und somit können wir uns auch stets fragen, ob wir mit dem Ergebnis leben können.

Es ist immer ein kleiner Funke, der das Feuer auslöst

Die meisten Menschen, die sich etwas vornehmen, warten auf den großen Moment. Sie glauben, dass etwas Großes oder Bedeutendes passieren muss, um etwas anzustoßen oder zu erreichen. Aber ein Feuer wird bereits durch einen kleinen Funken ausgelöst. Es ist keine Explosion nötig, um ein Feuer zu entfachen. Nur die Reibung am Streichholz oder der Funke im Feuerzeug. Sie müssen kleine Schritte gehen in Richtung Erfolg. Diese Schritte auf täglicher Basis haben die Macht, alles Realität werden zu lassen. Wer aber nie anfängt, wird nichts erreichen.

Niemand kann dir nehmen, täglich etwas Neues zu lernen

Leider genießt das Wort „Lernen" nicht bei allen Menschen einen guten Ruf. Wir kennen den Begriff vor allem aus der Schule. Dort verbinden wir damit Zwang und Desinteresse. Wer im Leben allerdings etwas erreichen will, muss mehr wissen, als er bereits weiß. Darum müssen wir uns zur Gewohnheit machen, täglich etwas dazuzulernen, ohne es als Zwang zu empfinden. Ganz im Gegenteil, es sollte ein Genuss und ein Erfolgsgefühl sein, etwas Neues gelernt zu haben. Es fordert unser Gehirn heraus und erhöht unsere Wahrscheinlichkeit auf Erfolg enorm.

Jeder hat das Recht in seiner eigenen Welt zu leben

Niemand sieht die Welt so, wie sie tatsächlich ist. Jeder Mensch auf dieser Welt sieht sie so, wie sein eigener Filter es zulässt. Nur Maschinen können einen Raum oder eine Umgebung so sehen, wie sie tatsächlich ist. Aber unser Gehirn lässt das nicht zu. Das hat auch mit Selbstschutz zu tun. Darum ist es völlig logisch und in Ordnung, dass jeder Mensch in seiner eigenen Welt lebt. Mit seinen eigenen Ansichten, Überzeugungen und Vorlieben. Und niemand darf verlangen, dass Sie das ändern. Denn es ist Ihre Welt und Sie sind der Präsident. Es geht darum, dass Sie glücklich sind.

Wie will jemand die Welt begreifen, der sich selbst nicht kennt?

Fragen Sie mal jemanden, wer er/sie ist. Man wird Ihnen den Namen verraten, aber wenn Sie tiefer bohren, welches Selbstverständnis dieser Mensch von sich hat, werden die meisten Antworten ins Leere laufen. Kaum jemand weiß, wer er/sie eigentlich ist. Da wir alles nur so begreifen, wie wir uns selbst begreifen, können die meisten Menschen somit die Welt nicht verstehen, in der sie leben. Die Welt wird von Menschen gemacht. Darum sollten wir bei uns selbst beginnen, uns selbst erforschen, eine Charakter-Bilanz aufstellen und dann von innen nach außen arbeiten.

Sei du selbst,
sonst können wir dich nicht gebrauchen

Leider versuchen die Menschen, eine Rolle zu spielen. Sie glauben, so passen sie besser in die Welt und so nimmt die Gesellschaft sie eher an. Das Problem dabei ist, dass ihre individuellen Talente und Überzeugungen verborgen bleiben. So sind Sie praktisch wertlos. Die Natur, Ihr Gott oder woran immer Sie glauben hat Sie zu einem Zweck erschaffen. Und nur, wenn Sie Ihrer wahren Persönlichkeit freien Lauf lassen, können Sie Ihren Zweck erfüllen und tatsächlich etwas zur Welt beitragen. Was wäre Einstein als Maurer wert gewesen oder Picasso als Bankangestellter? Be yourself.

Jede deiner Ausreden galt für einen anderen als Grund, erfolgreich zu werden

Wir glauben gerne, dass wir einzigartige Probleme und Herausforderungen im Leben haben. Niemand musste je solche Probleme lösen. Aber das ist ein Trugschluss. Dieselben Dinge haben einen anderen dazu bewegt, etwas zu verändern. Denn man kann eine Herausforderung immer aus der Opferrolle oder aus der Schöpferrolle betrachten. Ausreden haben noch niemals zum Erfolg geführt. Sondern beherztes Handeln. Bewerten Sie also Ihre Ausreden nicht so hoch und kommen Sie in die Problemlösung. Auch schwere Lebenssituationen müssen kein Hindernis sein.

Wenn Esel anbieten,
Pferde zu trainieren...

Sie können viele Menschen um Rat fragen. Sie können auch fragwürdige Geschichten lesen, um etwas daraus zu lernen. Aber helfen lassen sollten Sie sich nur von Menschen, die entweder auf Ihrem Level oder besser höher sind. Ein Pferd würde von einem Esel keine Lektionen im Springreiten nehmen. Ein Pilot lässt sich nicht von einem Radfahrer ausbilden. Die Gefahr besteht heute darin, dass sich viele Menschen selbst zu Experten erklären, es aber eigentlich nicht sind. Prüfen Sie genau, welche Ergebnisse ein vermeintlicher Experte produziert hat.

Selbstvertrauen:
Die meisten trauen sich selbst nicht über den Weg

Ein Wort, das wir sehr oft verwenden, aber selten hinterfragen. Was bedeutet es eigentlich, sich selbst zu vertrauen? Welchen Respekt würden Sie jemandem entgegen bringen, der ständig Dinge verspricht, aber niemals einhält? Oder sich immer herausredet? Solchen Menschen würden wir schnell aus dem Weg gehen. Wir selbst gehen allerdings ständig so mit uns um. Wir nehmen uns Dinge vor und tun Sie dann nicht. Wir betrügen uns selbst. Wir trauen uns selbst nicht über den Weg, weil unser Unterbewusstsein sofort einwendet: „Du wirst es eh nicht tun." Arbeiten Sie daran.

Wer alles auf morgen schiebt,
wird nie einen glücklichen Tag erleben

In manchen Kneipen hängt ein ironisches Schild, auf dem steht: Morgen gibt es Freibier. Und egal, an welchem Tag Sie es lesen, es wird immer „morgen" darauf stehen. Morgen gibt es nicht. Es gibt nur heute. Niemand kann eine Garantie für den morgigen Tag ausstellen, aber heute ist Ihnen gewiss. Deshalb müssen wir Dinge sofort anpacken, statt sie auf morgen zu verschieben. Zum einen sinkt unser Selbstvertrauen. Zum anderen würden wir nie beginnen, denn morgen ist eine Fiktion. Beginnen Sie unmittelbar und Sie werden den Stolz spüren, etwas zu bewegen.

Kümmere dich doch erstmal um deinen eigenen Scheiß

Jeder Mensch lässt sich gerne ablenken. Am liebsten von anderen Menschen. Wir schauen, wie es bei anderen läuft, welche Situationen diese zu bewältigen haben und so weiter. Das Problem dabei: Wir vergessen, uns auf unsere eigenen Dinge zu konzentrieren. Der Fokus spielt eine wichtige Rolle, wenn man etwas erreichen will. Darum dürfen Sie nicht auf andere schauen und erst recht nicht, auf andere zu schimpfen. Kümmern Sie sich um Ihren eigenen Scheiß. Es hilft nicht, wenn Sie andere für ihren Weg kritisieren. Jeder muss ein eigenes Rennen laufen.

Nur weil es jemand sagt, muss es nicht wahr sein

Wir tendieren dazu, nicht weiter nach Antworten zu suchen, wenn wir sie vermeintlich schon gefunden haben. Wenn Sie also eine Frage haben und eine Antwort erhalten, muss es noch lange nicht die richtige sein. Nur weil etwas in der Zeitung oder im Internet steht, muss es nicht die ganze Wahrheit sein. Das kann viele Gründe haben. Es wurde falsch übermittelt. Es hat eine neue Entwicklung gegeben. Es wurde falsch übersetzt. Die Quelle war manipuliert. Es gibt viele Gründe, eine Information nicht sofort als wahr hinzunehmen. Wenn es Menschen sagen, erst recht nicht. Menschen irren in der Regel.

Wer alles gegeben hat,
muss sich nicht schämen

Jeder Mensch muss auch Niederlagen einstecken. Wer jedoch alles gegeben hat, braucht sich anschließend nicht schämen oder Vorwürfe zu machen. Ganz im Gegenteil, Sie werden stolz sein, so weit gekommen zu sein. Und Sie werden viel gelernt haben, um beim zweiten Anlauf bessere Ergebnisse zu erzielen. In den meisten Fällen muss man allerdings eingestehen, dass die Menschen nicht alles gegeben haben. Der Mensch ist faul und versucht, seine Ressourcen behutsam einzusetzen. Wer aber Dinge zurück hält, hat nicht alles gegeben. Erfolg hat einen Preis.

Sei der Diktator deiner selbst

Schon der Modeschöpfer Karl Lagerfeld gab zu, dass es in seinem eigenen Leben keine Demokratie gäbe. Es herrsche eine Diktatur. Was er sich selbst befiehlt, hat er auch zu erledigen. Ohne Diskussion. Damit meint er seine eiserne Selbstdisziplin, die er sich antrainiert hat. Er packte Dinge immer sofort und mit vollem Elan an. Er duldete keine Ausreden sich selbst gegenüber. So müssen Sie auch handeln. Sie bestimmen, was in Ihrem Leben passiert - niemand sonst. Ihre kleine Stimme, die Ihnen Dinge ausreden will, sollte lieber verstummen. Sie hält Sie ab vom Erfolg.

Geduld ist die Tugend
des Gewinners

Der Mensch ist von Natur aus eher kurzsichtig und ungeduldig. Wir möchten Dinge sofort erhalten. Witzigerweise steht es im Kontrast dazu, dass wir Dinge nicht sofort tun möchten. Aber der Mensch ist paradox. Gewinner haben sich Geduld antrainiert. Sie erwarten nicht sofort Ergebnisse. Walt Disney musste Jahre warten, bis ihm eine Bank ermöglichte, Disneyland zu bauen. Auch alle anderen Erfinder, Künstler und Unternehmer mussten lange auf ihren Durchbruch warten. Währenddessen haben sie aber unablässig daran gearbeitet. Die Ernte kommt erst spät nach der Saat.

Auch kranke Menschen
können glücklich sein

Wie oft haben Sie schon gehört, dass eine Voraussetzung für Glück ist, gesund zu sein. Menschen sagen dies im Alltag ganz nebenbei und ohne darüber nachzudenken. Denn es stimmt nicht. Es gibt viele kranke Menschen, die unvorstellbare Erfolge erzielt haben und zeit ihres Lebens glücklich waren. Es gibt auch ganz berühmte Beispiele dafür. Stephen Hawking ist ein Extrembeispiel, der die meiste Zeit seines Lebens nicht mal einen Finger rühren konnte und als sterbenskrank galt. Aber dennoch behauptete er, einer der glücklichsten Menschen der Welt zu sein. Er limitierte sein Leben nicht.

Nix musst du.
Gar nix

Wie häufig und leichtfertig sagen wir Dinge wie „ich muss zur Arbeit" oder „ich muss das noch erledigen". Merken Sie sich eines: Sie müssen gar nichts. Es erzeugt schnell ein Gefühl von Zwang und Kontrollverlust, wenn wir denken, wir müssten etwas tun. Denn rein faktisch müssen wir nichts von alle dem. Wir müssen nicht zur Arbeit. Wir haben es uns ausgesucht. Wir müssen nicht den Müll runterbringen. Wir wollen es, damit es sauber in der Wohnung bleibt. Wenn wir uns klarmachen, dass wir eigentlich alles freiwillig tun, erlangen wir neue Lebensenergie.

Am Fuß des Berges ist es leicht.
Der Gipfel ist hart

Anfangen kann eigentlich jeder. Goethe sagte „Aller Anfang ist leicht, und die letzten Stufen werden am schwersten und seltensten erstiegen." Dies traf damals wie heute zu. Es bedarf nicht viel, etwas zu beginnen. Aber es braucht eine große Anstrengung, Dinge zur Vollendung zu bringen. Denn mit steigender Höhe steigt auch der Widerstand. Ein Kind zu zeugen, ist keine große Heldentat. Eines zu erziehen allerdings schon. Ein Unternehmen zu gründen, dauert nicht lange. Es zum Marktführer auszubauen aber dauert Jahre.

Leiste mehr großartige Arbeit

Zeit ist ein sehr wertvolles Gut. Wenn wir sie einmal verbraucht haben, ist sie für immer verschwunden. Zeit lässt sich nicht sparen oder zurückhalten. Sie vergeht ohne Gnade. Deshalb können wir nur darauf achten, die Zeit mit möglichst viel Sinn zu füllen. Wir müssen die Zeit dazu nutzen, etwas Besonderes zu tun. Denn so können wir Zeit zu einer Investition machen, statt sie nur verstreichen zu lassen. Verrichten Sie großartige und werthaltige Arbeit, bleibt etwas davon übrig und baut aufeinander auf. Sie erschaffen eine Zukunft.

Das Übel in unserem Kopf ist schlimmer, als das tatsächliche

Angst hält uns davon ab, Dinge in unserem Leben wahr werden zu lassen. Wir gehen die Dinge nicht an, weil wir Angst vor den möglichen Konsequenzen haben. Es ist grundsätzlich ratsam, über die Folgen nachzudenken. Aber die realen Folgen sind in der Regel nicht so negativ, wie wir sie uns ausmalen. Die Ängste, die sich in unserem Kopf abspielen, sind oft unrealistisch und nicht begründet. Horrorszenarien sind die Ausnahme, nicht die Regel. Wer eine Beziehung beendet, wird bald eine neue finden. Wer Geld verliert, wird bald neues verdienen. Übertriebene Angst ist nicht real.

Man braucht mehr Mut, eine Meinung zu ändern, als zu behalten

Kaum etwas scheut der Mensch so sehr, wie seine Meinung zu ändern. Tatsächlich gibt es Menschen, die lieber alles aufs Spiel setzen oder ins Gefängnis gehen, statt ihre Meinung einfach zu ändern. Wir alle haben mindestens genau so oft Unrecht wie Recht. Wenn Sie heute also zehn Überzeugungen haben, können sich wohl die Hälfte als falsch herausstellen. Es zeugt von großem Mut, eine Meinung auch mal zu ändern und dazu zu stehen. Wer stur an seiner Meinung festhält, selbst wenn das Gegenteil bewiesen ist, ist schwach und hat Angst, sein Gesicht zu verlieren.

Je besser du Druck aushalten kannst, desto mehr Erfolg kannst du haben

Wer einen Berg bezwingen will, muss mit erheblichen Widerständen kämpfen, je höher er aufsteigt. Die Umgebung erzeugt einen immer höheren Druck auf den Bergsteiger, was es ihm erschwert, sein Ziel zu erreichen. Wer im Leben hoch hinaus will, muss ebenfalls mit großem Druck umgehen können. Denn dieser kommt von allen Seiten. Die Risiken, die Sie eingehen müssen, um Erfolg zu haben, wirken sich als Druck aus. Finanziell, charakterlich, gesellschaftlich. Vieles wird Ihnen zu schaffen machen. Wenn Sie lernen, damit umzugehen, können Sie Großes erreichen.

Weisheit:
Versuche, die Welt mit den Augen des anderen zu sehen

Eine wahre Kunst besteht darin, die Welt mit den Augen des Gegenübers betrachten zu können. Wir alle sind sehr gefangen in unserer eigenen Weltsicht. Wir sehen die Welt durch unseren eigenen Filter. Darum fällt es uns so schwer, die Argumente eines anderen zu verstehen, wenn sie unseren widersprechen. Wir müssen versuchen, die Parameter seines Lebens auf unseren Blickwinkel anzuwenden, damit wir ihn verstehen. Dazu müssen wir kurzzeitig unsere Überzeugungen verraten, um seine Sicht der Dinge zu verstehen. Aber es eröffnet eine völlig neue Welt.

Wenn du unglücklich bist,
verhalte dich wie ein Glücklicher

Es wurde mittlerweile eindeutig bewiesen, dass wir uns selbst manipulieren können. Wenn Sie sich derzeit nicht glücklich fühlen, können Sie damit beginnen, sich selbst zu beeinflussen. Sie spielen sich einfach vor, dass Sie glücklich sind und werden es in der Folge bald tatsächlich. Das fühlt sich in der ersten Zeit sehr nach Schauspiel und Lüge an - was es auch ist. Aber einige Zeit später beginnt das Unterbewusstsein, aus dem Verhalten ein Gefühl zu produzieren. Und das Gefühl wiederum erzeugt das neue Verhalten. Eine sich selbst erfüllende Prophezeiung.

Neid ist wie Gift,
das man selber trinkt

Neid, Hass und negative Gefühle anderen gegenüber wirkt sich kaum auf den Gegenüber aus. Es wirkt sich allerdings sehr negativ auf Sie selbst aus. Es ist ein Gift, dass man selbst trinkt. Es verseucht unsere eigenen Gefühle mit negativen Schwingungen und führt letztlich dazu, dass unser eigenes Leben schlechter wird. Obwohl es eigentlich gegen den anderen gerichtet war. Auch wenn andere Ihnen Kummer bereitet haben, sollten Sie Ihre Energie beschützen und für Ihren eigenen Erfolg einsetzen, statt eine Waffe gegen sich selbst zu richten.

Wer bei allen beliebt ist, lebt im Mittelmaß

Menschen sind verschieden. Daran kann auch der Wunsch nichts ändern, bei allen beliebt zu sein. Nicht jeder Mensch kann Sie mögen. Jemand, der Konflikte braucht, um sich lebendig zu fühlen, wird bei einem Mönch auf taube Ohren stoßen. Menschen reagieren unterschiedlich aufeinander und es wird Menschen geben, die Sie mögen und welche, die es nicht tun. An diesem Naturgesetzt lässt sich nichts ändern. Wenn Sie eine klare Kante zulassen, werden Sie die Menschen anziehen, die das sympathisch finden. Kümmern Sie sich nicht um die anderen.

Fehlt die Leidenschaft,
brauchst du nicht anfangen

Sie können eine Karotte nicht in einem Steingarten züchten. Der Samen muss auf den richtigen Boden treffen, um gedeihen zu können. So verhält es sich auch mit Ihren Zielen. Sie können nur dort erfolgreich werden, wo auch Ihre Leidenschaften liegen. Sie sind der Nährboden für ein erfolgreiches Gelingen. Wenn Sie also auf dem falschen Spielfeld stehen, können Sie sich noch so anstrengen. Sie werden keine nennenswerten Erfolge erzielen. Tun Sie Dinge, die Sie erfüllen. Dann wissen Sie, dass Sie das Richtige tun.

Dankbarkeit ist Nahrung
für unsere Seele

Unser Geist muss das Gefühl haben, etwas Sinnvolles zu tun. Nur dann haben wir Energie und fühlen uns wohl. Dankbarkeit ist gleichzusetzen mit Glück. Wir müssen dankbar sein für die Dinge, die in unserem Leben sind. Denn sie sind der Nährboden für alles, was wir schaffen möchten. Unser Charakter, unsere Neigungen, unsere Talente, Menschen, die uns akzeptieren, Umstände und vieles mehr. Und auch für Herausforderungen sollten wir dankbar sein, denn sie formen uns zum dem Menschen, der wir sein könnten. Sie schleifen uns, wie einen Rohdiamanten.

Deine Idee ist wertlos,
wenn sie keiner kennt

Die größten Ideen der Geschichte konnten nur deshalb eine Wirkung erzielen, weil ihre Urheber sie bekannt gemacht haben. Eine Idee, die niemand kennt, hilft auch niemandem. Ob es technische Revolutionen waren, mathematische Erkenntnisse oder medizinische Erfindungen. Ideen, die auch kommuniziert wurden, konnten einen Unterschied bewirken und ihre Urheber zu bedeutenden Persönlichkeiten machen. Oft ist es auch notwendig, eine Idee zu verteidigen, wenn sie Gegenwind erfährt. Alles, was uns umgibt, war einmal eine Idee.

Zeitfracht Medien GmbH
Ferdinand-Jühlke-Straße 7
99095 Erfurt, Deutschland
produktsicherheit@kolibri360.de